图书在版编目（CIP）数据

谁能战胜野蛮国王 / （法）艾瑞克·巴图著绘 ；王文静译. — 西安 ：世界
图书出版西安有限公司，2018.5（2024.6重印）
ISBN 978-7-5192-4453-8

Ⅰ. ①谁… Ⅱ. ①艾… ②王… Ⅲ. ①儿童故事—图画故事—法国—现代
Ⅳ. ①I565.85

中国版本图书馆CIP数据核字(2018)第061177号

LE ROI GROS VILAIN
By Eric Battut
© DIDIER JEUNESSE, Paris, 2017
Simplified Chinese translation copyright © 2018 by
Xi'an World Publishing Corp., Ltd.
All Rights Reserved.

书　　名　谁能战胜野蛮国王
著　　者　[法]艾瑞克·巴图
绘　　者　[法]艾瑞克·巴图
译　　者　王文静
策划编辑　赵亚强
责任编辑　李　钰
项目编辑　徐　婷　刘晓英
版权联系　刘晓英
美术编辑　吴　彤
出版发行　世界图书出版西安有限公司
地　　址　西安市雁塔区曲江新区汇新路355号
邮　　编　710061
电　　话　029-87233647（市场营销部）
　　　　　029-87234746（总编室）
网　　址　http://www.wpcxa.com
邮　　箱　xast@wpcxa.com
经　　销　新华书店
印　　刷　鹤山雅图仕印刷有限公司
成品尺寸　235mm×250mm　1/12
印　　张　3
字　　数　30千字
版　　次　2018年5月第1版
印　　次　2024年6月第6次印刷
版权登记　25-2018-035
国际书号　ISBN 978-7-5192-4453-8
定　　价　45.00元

谁能战胜
野蛮国王

[法]艾瑞克·巴图/著绘

王文静/译

 中国出版集团有限公司

 世界图书出版公司
西安　北京　上海　广州

小不点儿国王正在读书，很安静，很安静。

突然，窗外传来一声巨响，吓得他跳了起来。
他爬到了城堡顶上，想看看到底怎么回事。

"你别妄想了！"
小·不点儿国王回答道。

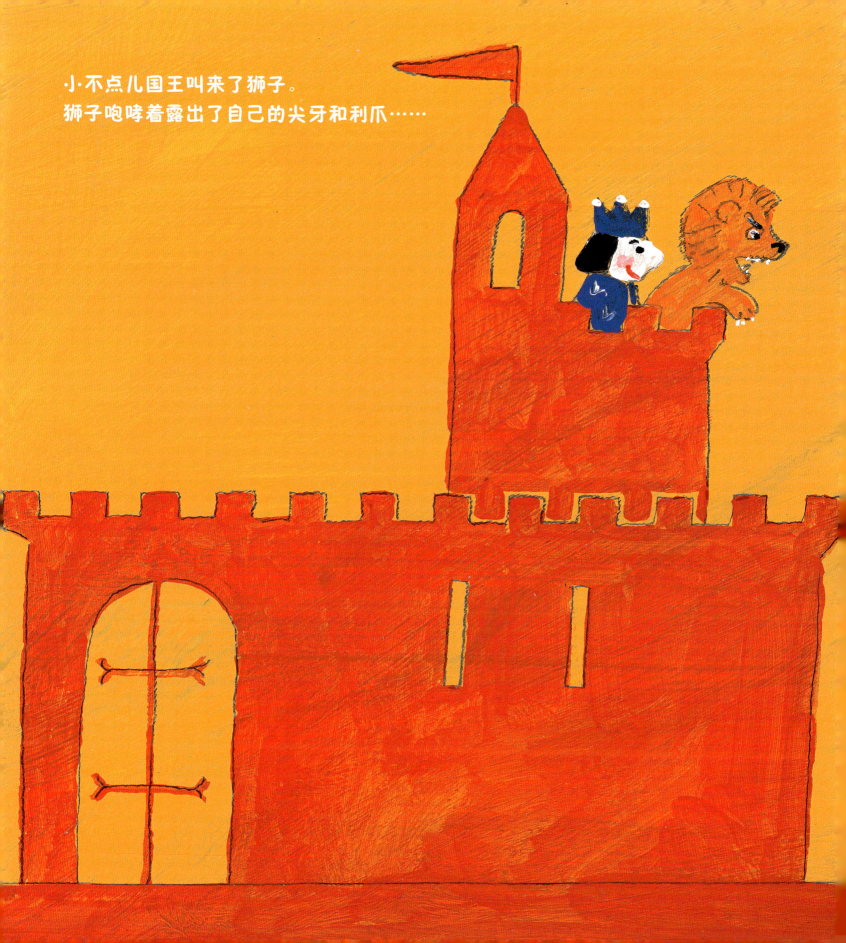

小不点儿国王叫来了狮子。
狮子咆哮着露出了自己的尖牙和利爪……

砰！
大块头国王朝着城堡主塔挥了一拳。

哗啦啦！
主塔瞬间倒塌了。

大块头国王大笑起来：

"哈哈哈！
我可是大块头国王，
我什么也不怕！"

狮子和小·不点儿国王吓得躲到了城墙里。

小·不点儿国王叫来了犀牛。
犀牛气势汹汹地亮出了自己的尖角……

砰！
大块头国王朝着城墙中间挥了一拳。

轰隆隆！
城墙四分五裂了。

大块头国王又大笑起来：

"哈哈哈！
我可是大块头国王，
我什么也不怕！"

犀牛、狮子和小·不点儿国王吓得躲到了门廊上。

小·不点儿国王又叫来了鳄鱼。
鳄鱼瞪着眼睛亮出了自己锋利的牙齿……

砰！
大块头国王一头撞在门廊上，

哐啷啷！
门廊被撞翻了。

大块头国王又一次大笑起来：

"哈哈哈！
我可是大块头国王，
我什么也不怕！"

突然，大块头国王感觉到有什么东西弄得他鼻子好痒好痒。
原来是跳蚤太太。
跳蚤太太气呼呼地说：
"大块头！
你竟敢打扰我睡觉！"

嗞！
她叮了大块头一口。

大块头国王喊了起来：

"救命啊！我被跳蚤叮了！
小·不点儿国王，快帮帮我！只要你帮了我，你让我干什么都行！"

"那好吧。"小·不点儿国王说，
"你得答应把我的城堡修好，还有，以后不许再来捣乱！"

大块头国王说到做到。
城堡很快就恢复了原来的模样。

"快走开！不然我还叮你！"
跳蚤太太大声呵斥道。

大块头国王如释重负，跑得飞快，
脚后跟都快打到后脑勺了。
他跑啊跑啊跑……

为了表示感谢，
小不点儿国王将一枚奖章授予跳蚤太太。
跳蚤太太高兴地一下蹦到了城堡顶上。

在那里，
她看见大块头国王还在没命地跑啊跑……

估计以后大家再也见不到他了。